Pinóquio
A história de um boneco

CARLO COLLODI

Pinóquio
A história de um boneco

Tradução e adaptação
Telma Guimarães

Principis

Esta é uma publicação Principis, selo exclusivo da Ciranda Cultural
© 2025 Ciranda Cultural Editora e Distribuidora Ltda.

Traduzido do original em italiano
Pinocchio

Texto
Carlo Collodi

Tradução e adaptação
Telma Guimarães

Editora
Michele de Souza Barbosa

Preparação
Fátima Couto

Produção editorial
Ciranda Cultural

Diagramação
Linea Editora

Revisão
Fernanda R. Braga Simon

Design de capa
Ana Dobón

Ilustrações
Vicente Mendonça

Dados Internacionais de Catalogação na Publicação (CIP) de acordo com ISBD

C714p   Collodi, Carlo

Pinóquio / Carlo Collodi ; adaptado por Telma Guimarães ; ilustrado por Vicente Mendonça. – Jandira, SP : Principis, 2025.
96 p. : il. ; 15,5cm x 22,6cm.

ISBN: 978-65-5097-215-8

1. Literatura infantojuvenil. 2. Contos clássicos. 3. Valores. 4. Mentiras. 5. Infância. I. Guimarães, Telma. II. Mendonça, Vicente. III. Título.

2025-576

CDD 028.5
CDU 82-93

Elaborado por Odilio Hilario Moreira Junior - CRB-8/9949

Índice para catálogo sistemático:
1. Literatura infantojuvenil 028.5
2. Literatura infantojuvenil 82-93

1ª edição em 2025
www.cirandacultural.com.br
Todos os direitos reservados.
Nenhuma parte desta publicação pode ser reproduzida, arquivada em sistema de busca ou transmitida por qualquer meio, seja ele eletrônico, fotocópia, gravação ou outros, sem prévia autorização do detentor dos direitos, e não pode circular encadernada ou encapada de maneira distinta daquela em que foi publicada, ou sem que as mesmas condições sejam impostas aos compradores subsequentes.

Esta obra reproduz costumes e comportamentos da época em que foi escrita.

SUMÁRIO

Antônio, Gepeto e a madeira que falava 9

O Grilo, os pés de Pinóquio e a cartilha 19

Um teatro, o Come-Fogo, a Raposa e o Gato 27

A Fada, as mentiras, a Raposa e o Gato 39

A prisão, a liberdade e a Fada, novamente! 51

A briga, o amigo Alidoro, uma promessa quebrada 63

A Terra dos Bocós, o burro Pinóquio, um
terrível tubarão 73

Epílogo – De verdade! 87

ANTÔNIO, GEPETO E A MADEIRA QUE FALAVA

Quando o carpinteiro Antônio pegou o pedaço de madeira, seu nariz ficou mais vermelho ainda. Aliás, era por esse motivo que ganhara o apelido de "Mestre Cereja".

— Este pedaço de pau veio a calhar, pois minha mesa precisava de um novo pé!

Ele estava encantado. Mas, quando estava a ponto de dar o primeiro golpe de machado na madeira, ouviu um pedido:

— Não me machuque!

Apavorado, Mestre Cereja olhou em volta, tentando descobrir de onde vinha aquela voz... Mas nada encontrou embaixo do banco, dentro do armário ou na cesta de serragem. Chegou a espiar a rua, mas não havia ninguém lá fora.

"Pode ser fruto da minha imaginação!", ele pensou, coçou a peruca acinzentada e voltou ao trabalho. E, machado em punho, acertou a madeira num só golpe.

– Ai! Você me machucou! – a voz chorou de forma mais sentida ainda.

Mestre Cereja ficou imóvel... Os olhos quase saindo das órbitas, boca aberta, língua pendurada todinha para fora, encostando no queixo.

Quando se recuperou do susto, gaguejou:

– De onde surgiu essa voz? É possível que um pedaço de madeira chore como uma criança? Isto só serve para ferver uma panela de feijões. Não há ninguém escondido aqui dentro... Deixe-me verificar... – E Mestre Cereja arremessou o pedaço de madeira na parede e no chão.

Como não ouviu nenhuma "reclamação", partiu para uma segunda etapa: a plaina. E começou a passá-la na madeira.

– Pare com isso! Você está me matando de cócegas!

Mestre Cereja sentiu as pernas bambas e caiu no chão, desmaiado. Só acordou com uma batida à porta. Sem força para levantar, o carpinteiro mandou que entrassem. Era Gepeto, seu vizinho, um velhinho alegre, bondoso e muito conhecido por todos. Sua peruca, crespa como o cabelo do milho e da cor do fogo, era motivo de piada por parte das crianças, que o apelidaram de "Tochinha". Nessas horas, a bondade se transformava em fúria.

– O que está fazendo no chão? – indagou.

– Estou ensinando o alfabeto às formigas... – Mestre Cereja desconversou, levantando-se para receber o amigo.

– Que bom! Preciso de um favor, Antônio... Tive uma ideia hoje de manhã. Gostaria de fazer um boneco de madeira, bem bonito, que possa dançar, dar piruetas, fazer acrobacias. Com ele ao meu lado, eu poderia correr o mundo e ganhar o meu sustento. O que acha da minha ideia?

– Que beleza, "Tochinha"! – uma voz exclamou.

Gepeto, vermelho de raiva, pensando que Antônio fosse o autor da grave ofensa, gritou:

– Por que está me insultando? Sabe que não gosto que me chamem assim!

– Mas eu não disse nada!

– Disse, sim, senhor!

E entre "disse-não-disse, verdade-mentira", os dois começaram a brigar. Minutos depois, já faziam as pazes, como todo amigo deve fazer.

— Mas vamos voltar ao assunto que o trouxe aqui... Está precisando dos meus serviços? – Mestre Cereja quis saber.

— Você pode arrumar madeira para o boneco que pretendo fazer? – Gepeto pediu.

Sorridente, Mestre Cereja tratou de pegar o pedaço de pau que lhe causou tanto medo. Mas, ao entregar-lhe, o toco saiu pulando de suas mãos e bateu nas pernas do amigo.

O pobre homem tentou explicar que a culpa não era dele, mas Gepeto nem ouviu suas palavras. Injuriado com aquele tratamento, partiu para a briga. Alguns arranhões depois, um novo pedido de desculpa... E a paz voltou a reinar entre os dois.

Amizade reatada, Gepeto agradeceu e voltou à sua casa... Dessa vez, com o pedaço de pau. Muito pobre, ele morava num cômodo que ficava embaixo de uma escada. Era pouco iluminado, e mal se enxergava a cama frágil e a mesa prestes a quebrar. Na parede, uma lareira pintada com um fogo de mentira, crepitando. Uma chaleira quase verdadeira soltava fumaça de quase mentira.

"A fumaça é bem real!" Gepeto sorriu ao admirar a pintura.

Em seguida, ferramenta na mão, começou a transformar o pedaço de pau em um boneco.

"Vou chamá-lo de Pinóquio. Esse nome lhe trará sorte!", decidiu.

Primeiro fez o cabelo e a testa; depois, os olhos. Mal havia terminado, o boneco mexeu os olhos, encarando-o.

– Por que está me encarando desse jeito ruim? – Gepeto olhou-o também, esperando uma resposta... Mas nada ouviu.

Continuou, então, a esculpir o nariz, mas, quanto mais o fazia, mais o nariz do boneco crescia.

Nem havia terminado a boca do Pinóquio, e ele começou a rir. Gepeto fingiu não se importar e continuou seu trabalho, fazendo o restante. Assim que as mãos estavam prontas, o boneco arrancou a peruca de Gepeto.

– Devolva a minha peruca!

Mas Pinóquio tratou de enfiá-la na própria cabeça.

"Nem terminei o boneco e ele me trata assim!", Gepeto pensou, enxugando uma lágrima.

Pior ainda foi quando terminou os pés, pois Pinóquio acertou-lhe um pontapé bem no meio do nariz!

Mesmo arrependido de ter feito o boneco, colocou-o no chão. Ele precisava andar com suas próprias pernas, e Gepeto iria ensiná-lo. Então, depois de alguns passos, Pinóquio começou a andar... a andar... até a porta da frente, e saiu correndo pela rua. Gepeto tentou alcançá-lo, mas não conseguiu.

O barulho dos pés de madeira batendo nas pedras do calçamento era tão alto que camponeses vieram de todo canto.

– Peguem-no! – Gepeto gritava, desesperado.

Os camponeses riam da situação, sem saber direito do que se tratava.

Finalmente um policial conseguiu deter o boneco, entregando-o a Gepeto. Na mesma hora, Gepeto ameaçou castigá-lo. E, ao tentar pegar nas suas orelhas, descobriu que simplesmente se esquecera de fazê-las!

As pessoas ficaram com pena do boneco. Ele tinha razão em não querer voltar para casa, pois o velho devia maltratá-lo muito. Assim, o policial decidiu prender Gepeto e soltar Pinóquio.

Pobre homem! Chorava tanto no momento da prisão que nem conseguiu explicar o acontecido!

"E pensar que tentei dar-lhe educação!", concluiu.

O GRILO, OS PÉS DE PINÓQUIO E A CARTILHA

Tão logo ficou livre do policial, Pinóquio saiu correndo, pulando pelos campos, saltando pelos espinheiros, arbustos e lagos.

Quando chegou em casa, todo satisfeito, ouviu um "cri-cri-cri" em direção à parede.

– Quem é você? – indagou.

– Sou o Grilo Falante e moro aqui há mais de cem anos – o Grilo respondeu sem titubear.

Pinóquio mandou que o Grilo saísse de seu quarto, mas o Grilo não obedeceu. Ele precisava lhe dizer algo muito importante:

– Os meninos que desobedecem aos pais terão uma vida de aflições e arrependimento.

– Pois fique sabendo que amanhã bem cedo já não estarei aqui. Não quero ir à escola como os outros meninos. Subir em árvores e caçar borboletas é bem melhor!

– Se não estuda, não aprende... Vai ser motivo de riso entre as outras crianças! Podia ao menos aprender um ofício para ajudar nas despesas... – o Grilo continuou.

– O único trabalho que quero ter é comer, beber, dormir e divertir-me a valer... – Pinóquio retrucou.

– Assim vai acabar num hospital... Ou numa prisão! – o Grilo Falante advertiu-o.

Pinóquio, muito irritado, pegou um martelo e arremessou-o em direção ao Grilo, que caiu mudo.

Quando a noite chegou, Pinóquio, faminto, procurou algo que lhe matasse a fome, mas nada encontrou, a não ser um ovo de galinha. Para piorar, ao quebrar-lhe a casca, um pintinho saiu de dentro e, depois de acenar, voou pela janela.

"O Grilo estava certo! Se meu pai estivesse aqui, eu não estaria faminto! Tudo aconteceu porque fugi de casa!"

PINÓQUIO

Pinóquio chorou, arrependido, decidido a sair à procura de comida.

A noite estava escura, e raios e relâmpagos cruzavam o céu, fazendo com que o boneco tremesse de medo. Como as lojas estavam fechadas e não havia mais ninguém nas ruas, tocou o sino à porta de uma casa. Mas o velho que o atendeu nada mais fez que lhe jogar um balde de água fria.

"Esses meninos passam a madrugada amolando a gente!" E o velhinho tratou de fechar a janela.

Pinóquio voltou para casa. Molhado, cansado e com muita fome, decidiu aquecer os pés sobre o braseiro da lareira... Mas acabou pegando no sono, até ser acordado, de manhãzinha, por umas batidas à porta.

– Quem está aí? – perguntou.

– Sou eu... – Gepeto respondeu.

Quando levantou para abrir a porta, caiu no chão e percebeu que seus pés tinham sido queimados pelo fogo. Deitado no chão, ele gritou pedindo a ajuda de Gepeto. O velhinho pulou a janela e, vendo que não se tratava de mais uma mentira do filho, colocou-o no colo e cobriu-o de carinho.

Com pena do boneco, deu a ele seu próprio café da manhã.

— Pode descascar as peras para mim? — Pinóquio pediu.

— Menino cheio de vontades... Acostume-se a comer de tudo — Gepeto aconselhou.

A princípio, Pinóquio fez caretas, mas depois não só comeu as cascas como lambeu os caroços. Nem bem terminou e passou a reclamar da falta de pés. Mas Gepeto não lhe fez a vontade, pois o menino poderia fugir novamente.

— De agora em diante, serei um bom menino. — Pinóquio prometeu frequentar a escola, além de outras coisas.

Com o coração amolecido, Gepeto pegou suas ferramentas, e em pouco tempo o boneco ganhou novos pés. Todo feliz, passou a pular e a correr pelo quarto.

— Amanhã eu irei à escola, papai. Mas, para isso, preciso de roupas novas e de um par de sapatos, não acha?

Como não tinha dinheiro, Gepeto pegou um papel bem colorido e transformou-o numa roupa para o filho. Com as lascas de uma árvore, fez um par de sapatos, e com miolo de pão fez um boné bem jeitoso.

Pinóquio viu seu próprio reflexo numa vasilha de água... E aprovou!

PINÓQUIO

– Lembre-se de que cavalheiros precisam vestir roupas sempre limpas! – Gepeto acrescentou.

O boneco reclamou que precisava de uma cartilha. Como iria à escola sem ela?

Pobre Gepeto! Seu único bem era o casaco que vestia. Momentos depois, voltou da cidade com a cartilha, tremendo de frio, sob uma forte nevasca. Era inverno, e ele havia vendido seu casaco!

UM TEATRO,
O COME-FOGO,
A RAPOSA
E O GATO

Assim que a neve parou de cair, Pinóquio foi para a escola com a cartilha. Em sua cabeça, tantos sonhos!

"Vou estudar muito, ganhar bastante dinheiro e comprar um belo casaco para o papai!" Pensava no sacrifício que Gepeto fez por ele.

Mas o som de tambores e flautas ao longe o distraiu e encantou... A ponto de ele desistir da ida à escola.

"Preciso conferir de perto!" E saiu correndo pelas ruas, em direção àquele som, até alcançar uma praça. Lá, em frente a uma pequena construção de madeira toda colorida, uma enorme multidão se aglomerava.

Como ainda não sabia ler, pediu ajuda a um menino, que disse tratar-se de um Teatro de Marionetes.

– Quanto se paga para entrar? – Pinóquio quis saber.

– Dez centavos – o menino respondeu.

Sem dinheiro, tentou vender a roupa de jornal, mas o menino não a quis. Depois, os sapatos de cortiça e a cartilha, mas ele também recusou. Por fim, acabou vendendo a cartilha para um catador de papéis que por ali passava.

Mais que depressa, Pinóquio entrou para ver o espetáculo, mas ele já havia começado. Polichinelo e Arlequim, tão logo avistaram o boneco, gritaram:

– Venha para cá, Pinóquio! Junte-se aos seus irmãos de madeira!

O convite foi tão afetuoso que Pinóquio correu para o palco. E lá ficou, por alguns minutos, abraçando os amigos fantoches.

Com o espetáculo interrompido, a plateia começou a reclamar. Come-Fogo, o dono do teatro, levantou seu chicote, ordenando ao boneco:

– Pare de perturbar a peça!

PINÓQUIO

Pinóquio tremeu dos pés à cabeça de madeira, pois o homem era gigantesco e muito feio. Mais que feio. Era horrível. Pior que horrível. Medonho! A barba preta chegava até o chão, de tão comprida. A boca era enorme, e olhos vermelhos como brasas acesas pareciam queimá-lo.

– Não foi minha culpa, senhor... – Pinóquio falou, retirando-se do espetáculo.

– Mais tarde acertaremos as contas! – Come-Fogo avisou, irado, enquanto os fantoches voltavam a atuar.

Assim que a peça terminou, Come-Fogo dirigiu-se à cozinha e ordenou a Polichinelo e Arlequim que trouxessem Pinóquio à sua presença. A lenha havia acabado, e o boneco de madeira daria um excelente fogo.

Os dois, com medo de Come-Fogo, levaram Pinóquio até a cozinha. O pobre coitado esperneava que só vendo!

– Papai, papai, venha me salvar... Eu não quero morrer!

Come-Fogo, comovido com a choradeira de Pinóquio, espirrou várias vezes. Arlequim, aliviado, segredou a Pinóquio que os espirros do patrão demonstravam piedade. Ele estava a salvo!

– Entretanto, preciso queimar outro boneco de madeira, para que o assado fique no ponto! – E escolheu Arlequim.

O pobre boneco tremeu tanto que caiu ao chão. Então Pinóquio agarrou os pés de Come-Fogo, pedindo:

– Tenha piedade, Senhor... quer dizer... Cavaleiro... ou melhor... Chefe... Hã... Excelência!

Aquela confusão de nomes fez com que Come-Fogo desse um sorriso.

– Arlequim não lhe fez mal algum... Posso morrer no lugar dele! – exclamou o corajoso Pinóquio.

O coração de Come-Fogo derreteu-se com tamanho ato de bondade, e ele passou a espirrar sem parar. Depois, abraçou Pinóquio e libertou tanto um como o outro.

Aliviados e contentes, os bonecos comemoraram até de madrugada.

No dia seguinte, Come-Fogo chamou Pinóquio e pediu que contasse algumas coisas sobre sua vida. Penalizado com a história da venda do casaco de Gepeto, deu ao boneco cinco moedas de ouro, dizendo:

– Leve-as para seu pai!

Pinóquio agradeceu milhões de vezes e, depois de despedir-se dos amigos, tomou o caminho de casa.

PINÓQUIO

Não muito longe, avistou uma Raposa e um Gato... Na verdade, dois malandros, pois a Raposa, fingindo mancar, conduzia o Gato, que se fazia de cego.

– Vimos Gepeto ontem mesmo, coitado! Estava na porta de sua casa, com muito frio – mentiram.

– Coitado do meu pai! Mas esse sofrimento vai acabar, pois olhem só o que recebi... – Pinóquio mostrou as cinco moedas de ouro.

Se fosse mais esperto, teria notado os olhos arregalados do falso cego e a pata forte, sacudida e esticada da Raposa em direção às moedas.

– O que pretende fazer com esse dinheiro? – os dois quiseram saber.

– Pretendo comprar um casaco novo para meu pai e uma cartilha. Preciso ir à escola e estudar – respondeu.

A Raposa e o Gato tentaram fazer com que Pinóquio desistisse da ideia da escola, mas o boneco continuou caminhando, decidido.

– Que tal multiplicar seu dinheiro? – a Raposa ofereceu.

– Como? – Pinóquio ficou interessado.

– Venha com a gente até a Terra das Corujas, onde fica o Campo dos Milagres.

Pinóquio respondeu que preferia voltar para casa, pois as experiências vividas mostravam que tanto o pai como o Grilo Falante tinham razão sobre a desobediência. Mas a Raposa e o Gato tanto falaram na multiplicação das moedas que o boneco acabou concordando e seguiu com eles.

– Lá no Campo dos Milagres, você deve cavar um buraco e colocar a moeda. Depois, é só cobrir com terra, regar, espalhar um pouco de sal e ir dormir. Durante a madrugada, a moeda brota e cresce rapidamente, transformando-se numa árvore cheia de moedas de ouro – finalizaram.

Na mesma hora, Pinóquio ficou imaginando as cinco árvores de moedas de ouro que teria.

"É claro que vou dar um pouco de moedas aos meus dois novos amigos!", pensou.

Ao cair da noite, os três chegaram à Pousada do Caranguejo Vermelho. Precisavam de um descanso para seguir viagem na manhã seguinte.

O Gato e a Raposa pediram alguma coisa para comer. O Gato, meio indisposto, comeu trinta e cinco peixes com molho de tomate e quatro porções de tripa com queijo ralado e manteiga.

PINÓQUIO

A Raposa, seguindo a recomendação do médico, pediu uma lebre ao molho agridoce, guarnecida por doze galetos. Depois de ordenar perdizes, lebres, rãs e lagartos, disse que não poderia colocar mais nada na boca. Pinóquio, cujos pensamentos não saíam do Campo dos Milagres, mal tocou a fatia de pão.

Refeição terminada, eles se acomodaram num quarto, e Pinóquio, em outro.

– Precisamos sair à meia-noite, pois temos um longo caminho a seguir... – E pediram que o dono da pousada os acordasse.

Quando Pinóquio acordou, o Gato e a Raposa já haviam partido.

– O Gato recebeu a notícia de que seu filho mais velho está à beira da morte – o dono da pousada, em comum acordo com os dois impostores, mentiu.

Pinóquio também soube que não pagaram a conta e que estavam esperando por ele no Campo dos Milagres. Assim, quitou a dívida com uma moeda de ouro e seguiu caminho.

A noite estava escura, e ele ficou com muito medo. De repente, uma luz fraquinha brilhou no tronco de uma árvore. Era o fantasma do Grilo Falante, que surgiu para dar conselhos ao boneco.

– Leve as moedas que sobraram para Gepeto... – A voz do Grilo era muito fraca. – Não confie naqueles que querem torná-lo rico da noite para o dia! Volte para seu pai!

– Mas eu pretendo continuar até o Campo dos Milagres... – Pinóquio respondeu.

Por mais que o fantasma do Grilo falasse com Pinóquio, o aconselhasse, ele nem ligou.

– Que as bênçãos dos céus o protejam dos assassinos – o fantasma do Grilo desejou, enquanto sumia, sumia, até desaparecer na escuridão.

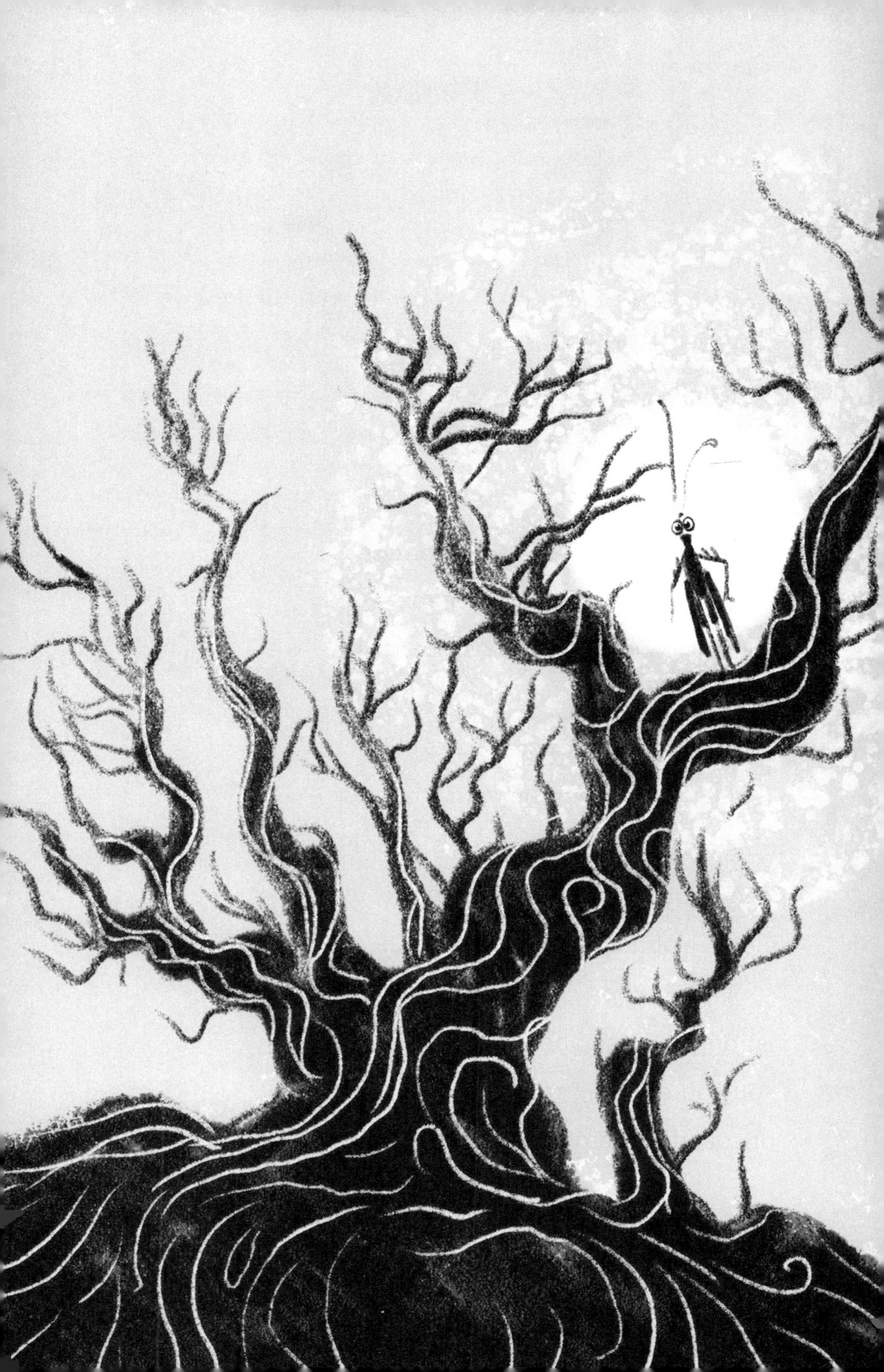

A FADA, AS MENTIRAS, A RAPOSA E O GATO

Enquanto retomava seu caminho, Pinóquio ia pensando nas palavras do fantasma.

"Cada conselho que inventam para assustar os meninos e impedir que saiam de casa... Assassinos! Só me faltava essa!"

De repente, Pinóquio ouviu um barulho no meio de umas folhas. Em segundos, dois vultos cobertos por sacos pretos pularam em sua direção.

"São ladrões!", Pinóquio concluiu, escondendo as moedas embaixo da língua.

Mas nem chegou a correr, porque foi agarrado.

– O dinheiro ou a vida! – um deles gritou.

Pinóquio mostrou que nada possuía, mas, a cada negativa, os ladrões ameaçavam que o matariam e a seu pai também. Ao implorar que nada fizessem a seu pai, as moedas tilintaram em sua boca... E os bandidos então perceberam o esconderijo, sacudindo-o até não poder mais. Como as moedas não saíam, um deles pegou uma faca e com ela tentou abrir a boca do boneco. Pinóquio mordeu a mão do ladrão... E a mão mostrou-se na verdade uma pata de gato!

Pinóquio aproveitou que o Gato começou a gemer de dor e correu até não poder mais, durante horas e horas, tendo os bandidos em seu encalço.

O dia já estava amanhecendo quando avistou uma casinha branca, muito brilhante, entre as árvores da floresta. Quando lá chegou, bateu à porta, desesperado. Depois de muitas batidas, uma linda criança surgiu na janela. Seu rosto era branco como a neve, seu cabelo era azul, e ela trazia as mãos cruzadas junto ao peito.

– Abra a porta! Preciso entrar! – o boneco pediu.

Mas a menina respondeu que não adiantava, pois ali estavam todos mortos.

PINÓQUIO

Pinóquio decidiu fugir em outra direção, mas não teve tempo, pois os malfeitores o alcançaram. Munidos de facas, tentaram apunhalá-lo pelas costas, mas Pinóquio era feito de madeira muito dura, e elas logo se quebraram.

Assim, para que abrisse a boca e soltasse as moedas, decidiram enforcá-lo numa árvore bem alta. E lá ficaram, sentados na grama, esperando que ele abrisse a boca e soltasse as moedas de ouro. Como Pinóquio não abriu a boca de modo algum, decidiram partir e voltar no dia seguinte.

Minutos depois, um vento fortíssimo começou a balançar o boneco de um lado para o outro, fazendo com que o laço na garganta ficasse cada vez mais apertado. Sufocado, Pinóquio achou que estava no fim e balbuciou:

– Pa...pai! Se estivesse aqui comigo...

Então, a menina, que mais parecia morta do que viva, avistou de sua janela o sofrimento do boneco e bateu palmas, chamando para junto de si um enorme Falcão. A menina, na verdade uma fada, ordenou:

– Vá até o carvalho e, com seu bico, desfaça o nó que prende o pescoço do boneco. Depois, deite-o no chão.

O Falcão obedeceu e, depois de ter colocado Pinóquio na grama, retornou à casa da Fada.

A Fada bateu palmas, e um poodle gigantesco apareceu. Seu nome era Medoro, e ele trajava roupas de cocheiro e andava como um humano.

– Escolha a minha melhor carruagem e traga Pinóquio até aqui. Vou cuidar dele! – ordenou.

Ao chegar, Pinóquio foi colocado na cama. Em seguida, três médicos vieram vê-lo: os dois primeiros não sabiam se o boneco estava morto ou quase morto; o último decretou que Pinóquio era um moleque vagabundo e que tinha desobedecido ao pai.

Imóvel até então, o boneco escondeu o rosto embaixo do lençol e começou a chorar.

– É sinal de que não está morto coisa alguma! – E os médicos deixaram o local.

A Fada, percebendo que ele estava com febre alta, misturou água a um pó branco e deu-lhe para tomar.

– É amargo ou doce?

– É amargo, mas deixará você curado.

Pinóquio respondeu que não gostava de nada amargo e recusou-se a tomar o remédio.

– A não ser que possa comer um pouco de açúcar antes... – pediu.

PINÓQUIO

A Fada deu-lhe açúcar e, em seguida, o remédio. O boneco então disse que preferia morrer a tomar o remédio amargo.

Para seu espanto, a porta abriu, e quatro Coelhos entraram, carregando um caixão. Assustado, Pinóquio indagou, em prantos:

– O que querem?

– Viemos buscar você! – respondeu o Coelho mais alto.

O boneco voltou atrás e tomou todo o remédio. Ficou tão bom que os Coelhos partiram em seguida.

A Fada pediu que ele contasse toda a sua história, e assim ele o fez. Mas, ao relatar sobre as moedas, mentiu, dizendo:

– Quando estava fugindo dos bandidos, eu as perdi. – E exatamente nesse momento seu nariz cresceu.

– Conte-me... Onde você perdeu as moedas? – a Fada quis saber.

– Num bosque perto daqui... – O nariz cresceu um pouco mais.

– Não deve ser difícil encontrá-las... – A Fada prometeu que ajudaria o boneco em sua busca.

– Lembrei! – Pinóquio exclamou. – Engoli as moedas com o remédio! – E com essa mentira o nariz ficou tão comprido que, a cada passo, Pinóquio o batia contra as paredes, a janela, a porta.

A Fada começou a dar risada, e Pinóquio quis saber o motivo.

– Estou rindo de suas mentiras. Existem dois tipos de mentira: as de perna curta e as de nariz comprido... Que são as suas – ela concluiu.

Pinóquio começou a chorar, temendo ficar assim para sempre. Depois de meia hora de choro, a Fada, com pena do boneco, bateu palmas, e logo surgiram mil pica-paus, que comeram o narigão de Pinóquio, deixando-o do tamanho normal.

– Eu gosto muito da senhora! É uma fada tão boazinha! – Pinóquio elogiou, enxugando as lágrimas.

– Também gosto de você, Pinóquio! – E a Fada convidou o boneco e a seu pai para morarem ali com ela. – Na verdade, Gepeto já está a caminho – informou.

De tão contente e ansioso, Pinóquio pediu permissão à Fada para ir ao encontro de seu pai, com o que ela concordou.

– Mas tome cuidado no caminho!

O boneco partiu, todo contente.

Mal havia alcançado a árvore do enforcamento, encontrou a Raposa e o Gato.

– Veja só quem encontramos... Um velho amigo! – A Raposa abraçou o boneco.

– Como chegou até aqui? – o Gato indagou.

– Vou contar essa longa história para vocês... – E Pinóquio passou a narrar o que aconteceu depois que os amigos o deixaram sozinho na estalagem. Contou sobre o assalto e que quase havia sido enforcado.

Os dois malandros tornaram a enganar o boneco, insistindo que ele os acompanhasse até o Campo dos Milagres, onde enterraria as moedas restantes. Como Pinóquio tentou resistir ao convite, disseram que era o último dia aberto ao público.

Por mais que se lembrasse dos conselhos de seu pai, da Fada e do Grilo Falante, Pinóquio seguiu com eles... Exatamente como fazem meninos sem coração e inteligência.

Os três caminharam durante horas até alcançar o Campo dos Milagres... Na verdade, era um campo como outro qualquer. Pinóquio deitou suas moedas de ouro num buraco, cobrindo-as de terra em seguida. A Raposa então avisou que podiam retornar à cidade.

– Depois de vinte minutos, você poderá voltar e encontrar suas árvores carregadas de moedas.

E assim a Raposa e o Gato despediram-se do boneco, desejando-lhe uma boa colheita.

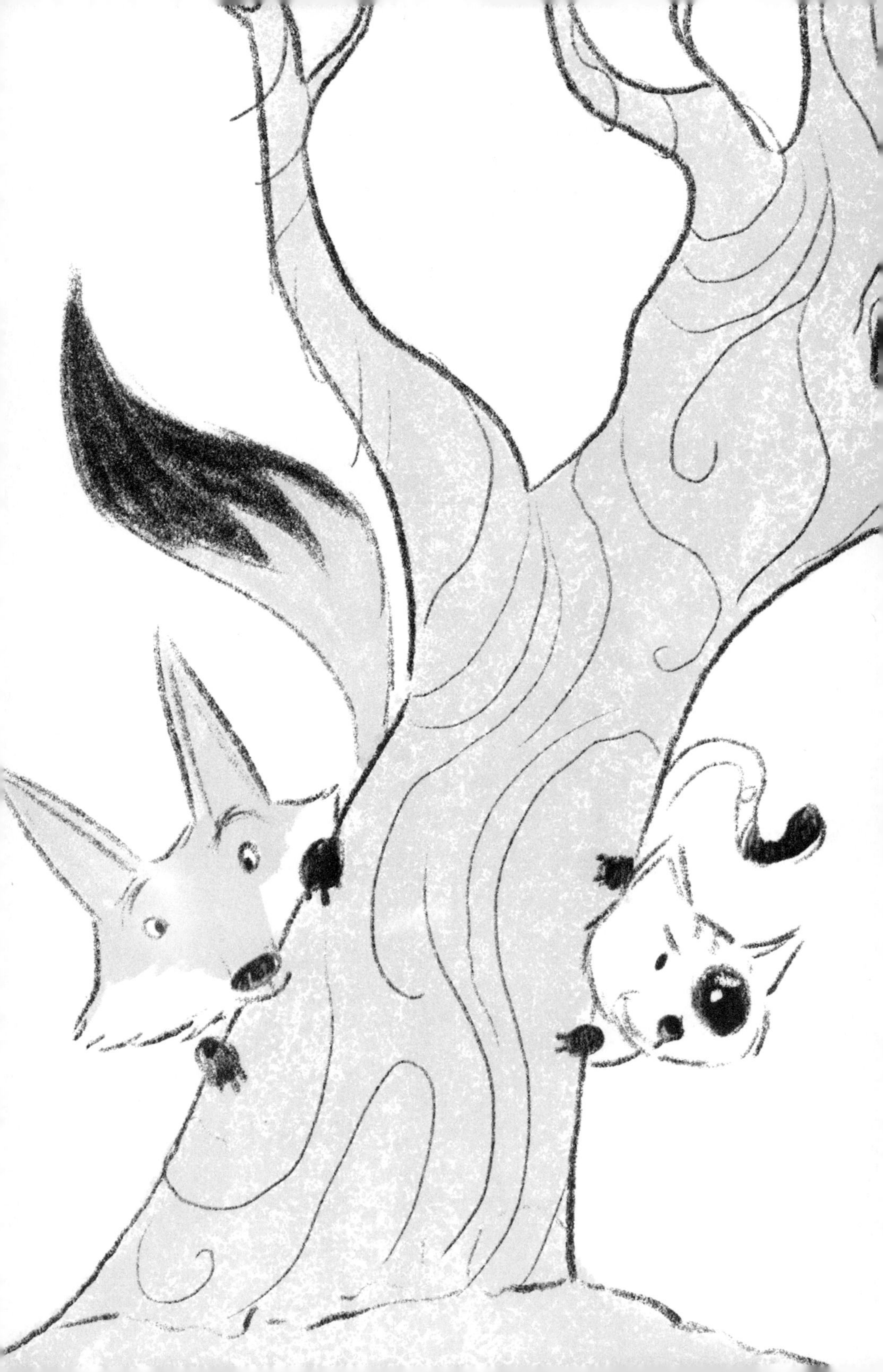

A PRISÃO, A LIBERDADE E A FADA, NOVAMENTE!

Na hora combinada, Pinóquio voltou ao Campo dos Milagres. Sua cabeça estava repleta de planos.

"Talvez eu encontre cem mil moedas em vez de cinco mil!", pensava.

Ao olhar o buraco onde havia enterrado as moedas, procurou e... Nada!

O boneco estava coçando a cabeça, inquieto, quando ouviu uma gargalhada do alto de uma árvore próxima. Era um Papagaio.

Pinóquio quis saber o motivo da risada.

— Tem gente que acredita em cada coisa! Você acha mesmo que suas moedas iam crescer em árvore? – o Papagaio caçoou. – A Raposa e o Gato roubaram seu dinheiro. Isso é tudo. Enganaram você e fugiram.

Desesperado, Pinóquio voltou correndo à cidade. Precisava denunciar os dois ladrões ao juiz!

Lá chegando, relatou os acontecimentos ao juiz, contando o nome dos dois e até detalhes. Depois do relato, o juiz chamou dois Mastins, em seus uniformes militares, e mandou que prendessem o boneco.

Pobre Pinóquio! Trancafiado numa cela durante quatro meses! Esse era o castigo por ter sido tão tolo!

Felizmente, um jovem imperador de um condado próximo obteve uma vitória sobre seus inimigos e ordenou que todos os prisioneiros fossem libertados.

Feliz até não poder mais, Pinóquio deixou a cidade, tomando a estrada rumo à casa da Fada. Queria revê-la e a seu pai, que, com certeza, lá estaria também. Ele estava tão faminto que, ao avistar uma parreira, saltou em cima dos cachos de uvas.

Pobre boneco! Suas pernas ficaram presas numa armadilha... provavelmente deixada pelo proprietário das terras.

PINÓQUIO

Pinóquio chorou e gritou por socorro a noite inteira... Mas só um Vaga-lume veio ver o que era. O boneco pediu que o soltasse da armadilha, ao que o Vaga-lume respondeu:

– Se está preso, é porque tentou pegar as uvas do dono daqui.

– É que eu estava com fome... – Pinóquio respondeu, gemendo.

– Fome não é motivo para pegar o que é dos outros. – O Vaga-lume abanou a cabeça.

Assim que Pinóquio afirmou que nunca mais faria aquilo, o dono do lugar apareceu, com uma lanterna.

– Ah, no lugar de um gambá, encontro um menino roubando as minhas galinhas! – Furioso, o dono das terras arrastou Pinóquio até seu jardim, jogando-o na frente de uma casinha de cachorro.

Por mais que explicasse que só queria as uvas para matar a fome, o homem não mudou de ideia. E mais: como seu cão de guarda tinha morrido, atou uma coleira ao pescoço de Pinóquio, dizendo:

– Se aparecer algum gambá, você vai latir como um cachorro, entendeu?

E, depois de prender a coleira à corrente e a corrente à parede, o homem entrou na casa, fechando a porta.

Pinóquio sentiu medo, frio, fome... E dor no pescoço, pois a coleira o machucava muito.

"Por que dei ouvidos aos vagabundos e bandidos? Não fui à escola, desobedeci ao meu pai... Se tivesse ficado com ele, não estaria servindo como um cão de guarda! Queria nascer de novo!", lamentou-se.

Cansado, adormeceu dentro da casinha do cachorro.

Por volta de meia-noite, acordou com um barulho que vinha do quintal e avistou quatro gambás. Os animais contaram a Pinóquio que, a cada oito galinhas roubadas, ofereciam uma ao cachorro. Dessa forma, esperavam que o boneco procedesse da mesma forma e não latisse, enquanto eles entravam no galinheiro.

Pinóquio fingiu que concordava e, tão logo os gambás entraram no galinheiro, trancou a porta e passou a latir como um cão de guarda, acordando o dono das terras. Em segundos, ele surgiu e prendeu os gambás num saco.

– Parabéns! Você fez o que meu cachorro nunca conseguiu! – Ele elogiou a destreza de Pinóquio, que achou por bem nada dizer sobre o trato que os gambás haviam feito com o cachorro.

"Os mortos devem ser deixados em paz!", concluiu.

PINÓQUIO

O dono então retirou a coleira de Pinóquio, libertando-o.

O boneco saiu correndo em direção à estrada que levava à casa da Fada. Quando lá chegou, não havia mais casa, somente uma lápide de mármore, com a inscrição:

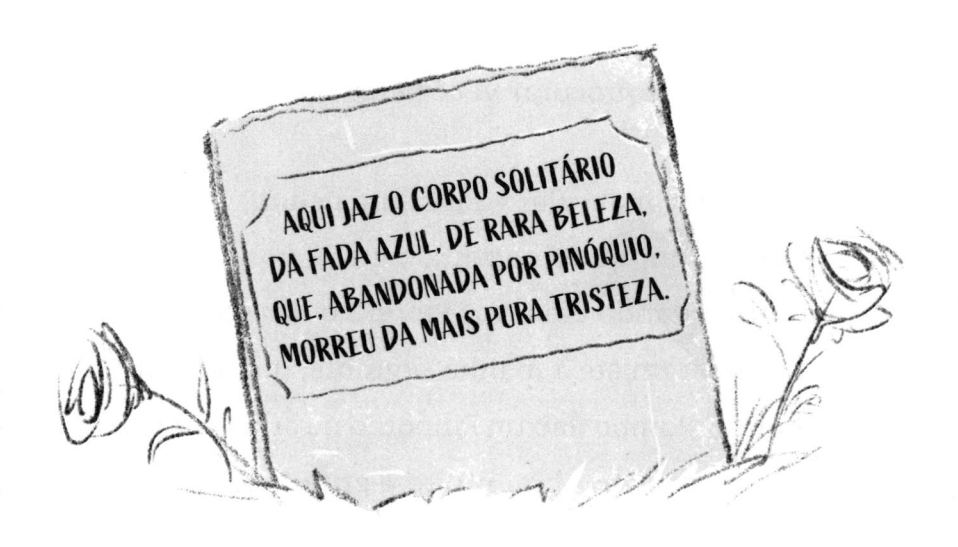

AQUI JAZ O CORPO SOLITÁRIO
DA FADA AZUL, DE RARA BELEZA,
QUE, ABANDONADA POR PINÓQUIO,
MORREU DA MAIS PURA TRISTEZA.

Pinóquio, arrasado, pôs-se a chorar.

– Querida amiga Fada, eu devia ter morrido em seu lugar... Ah, conte onde meu pai está, para que eu possa ir ao encontro dele! – E permaneceu em lágrimas e exclamações de arrependimento até o dia amanhecer, quando um Pombo gigante lá do alto do céu perguntou:

– Por acaso conhece um boneco chamado Pinóquio?

– Sou eu! Sou eu!

O Pombo então voou até o chão.

"Como é grande!", Pinóquio pensou.

– Você conhece meu pai? – perguntou ao Pombo.

– Há três dias, deixei-o numa praia. Ele está construindo um barco para procurar você pelos mares – revelou o Pombo.

– Pode me levar até ele? – Pinóquio pediu.

"São quase mil quilômetros...", a ave ponderou, mas acabou concordando em levar Pinóquio nas costas.

E assim voaram até a manhã seguinte, quando chegaram à praia. O Pombo deixou Pinóquio na areia, repleta de gente. O boneco estranhou muito a gritaria das pessoas, mas depois compreendeu o motivo: seu pai saíra num barquinho, e o mau tempo poderia destruí-lo em alto-mar.

– Para onde foi o barquinho? – ele quis saber.

– Daquele lado! – uma velhinha apontou.

Mesmo longe, Pinóquio reconheceu o pai e, na mesma hora, jogou-se às ondas, nadando em sua direção. E nadou, nadou, nadou durante a noite toda, debaixo de uma chuva impiedosa, trovões, raios, relâmpagos e um mar furioso.

PINÓQUIO

De manhã, uma enorme onda arremessou-o a uma ilha, no meio do oceano. Pouco a pouco, o mar foi se acalmando, e o boneco, exausto, tirou suas roupas molhadas para que secassem na areia.

Pinóquio olhou para o mar, mas não avistou o barquinho e seu pai... somente um peixe com a cabeça fora da água.

– Sabe onde posso encontrar Gepeto? É o melhor pai do mundo! Ele estava num barquinho...

– O barco pode ter afundado durante a horrível tempestade de ontem... E seu pai pode ter sido engolido pelo horrível tubarão que tem assombrado a todos nós ultimamente – o peixe explicou.

– Qual... qual o tamanho desse tubarão? – Pinóquio quis saber.

– Ele é maior que uma casa de cinco andares... E a garganta dele é tão profunda que um trem poderia passar por ela – o peixe respondeu.

– Deus tenha piedade de nós! – Pinóquio, apavorado, tratou de vestir suas roupas, despedindo-se do peixe em seguida.

O boneco, então, seguiu o caminho indicado pelo peixe, a "Vila Industrial das Abelhas". Mas logo concluiu que aquele não era um bom lugar para ele, pois as abelhas só trabalhavam.

"Não fui feito para o trabalho!", pensou, e decidiu continuar o caminho. Mas, com a fome que sentia, achou melhor pedir comida a algumas pessoas que passavam. Contudo, ninguém o alimentou, pois Pinóquio nada oferecia em troca.

Finalmente, uma mulher passou e deu um pouco de água ao boneco. A senhora precisou oferecer muitas guloseimas ao cabeçudo, para que ele a ajudasse com os potes de água até a sua casa, caso contrário Pinóquio nada teria feito.

Quando os dois alcançaram a casa da bondosa mulher, ela ofereceu guloseimas ao boneco. Ele então comeu até não poder mais. Ao levantar a cabeça, uma grande surpresa:

– Você... você tem o cabelo azul... É a minha Fada, diga que é! – Pinóquio gritou, atirando-se aos pés da senhora.

"Ela cresceu, mas tenho certeza de que é a mesma Fada que me ajudou!", concluiu.

No começo, a bondosa senhora negou que fosse a Fada Azul, mas finalmente acabou concordando.

– Como soube que era eu? – ela indagou, sorrindo da esperteza do boneco.

PINÓQUIO

— Meu coração disse... — Pinóquio respondeu.

— Fiquei mais velha, Pinóquio... Agora tenho idade para ser sua mãe! — a Fada Azul exclamou.

— Como conseguiu crescer tão rapidamente? — ele estava curioso.

Quando a Fada respondeu que aquilo era um segredo, Pinóquio foi logo dizendo que estava cansado de ter o mesmo tamanho.

— Quando for um bom filho, obediente, trabalhador, estudar, falar somente a verdade, aí sim se tornará um menino de verdade! — prometeu a Fada.

O boneco ficou feliz que só vendo! Ia fazer de tudo para ser transformado em um menino de verdade.

— Vim até aqui para ser sua mãe, Pinóquio! E você precisa obedecer a mim... em tudo! Portanto, a partir de amanhã, você vai à escola. Ou então vai escolher um ofício, um trabalho.

— É meio tarde para frequentar a escola. E não gosto de trabalhar, pois fico muito cansado — ele reclamou.

— Pobres ou ricos... todos têm de trabalhar, Pinóquio! — a Fada concluiu.

E, assim, Pinóquio decidiu aceitar o conselho da Fada Azul.

A BRIGA, O AMIGO ALIDORO, UMA PROMESSA QUEBRADA

Pinóquio foi para a escola na manhã seguinte. Quando as outras crianças viram aquele boneco de madeira, começaram a caçoar dele. Um menino deu um puxão no boné de Pinóquio; outro, na jaqueta; um ainda tentou amarrá-lo. Mas Pinóquio acabou perdendo a paciência e aplicou pontapés em cada um deles, finalizando:

– Não sou palhaço e mereço o respeito de todos vocês!

Esse ato de pura coragem tornou Pinóquio amigo dos meninos... Dos bons alunos e até dos que costumavam "matar" as aulas.

A princípio, o professor elogiou o boneco, pois ele era bastante estudioso. Era também o primeiro a chegar e o último a sair. Mas, quando percebeu que ele havia feito amizade com os bagunceiros, chamou-lhe a atenção. A Fada agiu da mesma forma, ao que Pinóquio retrucou:

– Não há problema em andar com esses meninos!

Um dia, quando Pinóquio estava indo para a escola, encontrou esses "amigos". Iam faltar à aula para ver um enorme tubarão que aparecera na praia.

"Pode ser o mesmo tubarão que estava entre as ondas quando meu pai sumiu no meio do mar!", Pinóquio pensou.

– Venha com a gente! – os meninos insistiram.

– Mas faltar da escola? O que o professor vai dizer? E minha mãe, a Fada Azul?

Os meninos retrucaram que o professor podia dizer o que quisesse... Era pago para isso mesmo. E que as mães de nada entendiam.

Pinóquio decidiu acompanhar os amigos. Uma hora depois, alcançaram a praia.

– Onde está o tubarão? – ele indagou, pois o mar estava calmo e liso como um espelho.

— Deve estar dormindo, em sua cama... Tomando o café da manhã... — As respostas foram irônicas.

Só então Pinóquio percebeu que havia sido enganado!

— Por que fizeram isso comigo?

— Ah, foi um jeito de fazer você faltar à aula... É sempre pontual, faz as lições, não costuma faltar... — Eles riam sem parar.

— E daí que eu sou desse jeito?

— Pois queremos que seja como nós, que detestamos a escola, os professores e os livros.

— E se eu quiser continuar assim, estudioso?

— Nesse caso, vai pagar caro... Um contra sete! — os meninos ameaçaram.

— Vocês parecem os sete pecados capitais — Pinóquio arrematou.

Os meninos sentiram-se insultados, e aí a briga teve início. Foi soco e pernada para todo lado, livros de todas as disciplinas que, transformados em armas, atingiam cabeças, ombros, pescoços e até estômagos.

Pinóquio, feito de madeira e muito mais forte que os sete, estava levando vantagem quando um dos meninos atirou em sua direção o livro mais grosso do boneco. Pinóquio desviou, e o livro acabou atingindo um dos meninos.

– Estou... morrendo! – O menino caiu, desmaiado.

Pensando que ele estava morto, os meninos, apavorados, fugiram na mesma hora, ao contrário de Pinóquio, que permaneceu ali, cuidando do ferido.

– Abra os olhos, Eugênio! – ele implorava ao amigo.

"Por que segui esses meninos? Como vou olhar para a minha mãe novamente? O que vai acontecer comigo?", o boneco pensava, desesperado.

De repente, ouviu passos: eram dois policiais que logo quiseram saber o que tinha acontecido. Por mais que Pinóquio tentasse explicar o acidente, decidiram prendê-lo. Quanto ao ferido, um pescador que passava no local incumbiu-se de socorrê-lo.

Estavam seguindo o caminho até a cidade, quando um vento soprou, arrancando o boné da cabeça de Pinóquio.

O boneco pediu permissão aos policiais para buscá-lo... E aproveitou o momento para recuperar o boné e fugir em direção à praia. Os homens soltaram um cachorro gigantesco atrás do boneco. Quando Pinóquio percebeu que o cachorro ia atacá-lo, pulou no mar e começou a nadar. O cachorro fez o mesmo, mas, como não sabia nadar, já estava prestes a se afogar quando Pinóquio, olhando para trás, teve pena e foi ao seu encontro, salvando-o.

"Pelo menos fiz uma boa ação!", concluiu.

Dessa forma, o cachorro, em dívida com o boneco, prometeu nunca mais o molestar.

– Vou ser seu amigo para sempre! – garantiu o cachorro, que se chamava Alidoro.

Pinóquio despediu-se de Alidoro e nadou até encontrar uma caverna. Lá, ficaria seguro. Mas, ao entrar, ficou preso numa rede de pesca! O boneco tentou escapar, mas não conseguiu. Com ele estavam inúmeros peixes, cada um de uma espécie.

De repente, Pinóquio avistou alguém puxando a rede. A horripilante criatura tinha pés e mãos gigantescos. Sua cabeça era coberta por grama, seus olhos e pele eram verdes, e a barba, da mesma cor, ia até o chão.

Quando terminou de puxar a rede, a criatura exclamou, satisfeita:

– Agora, sim, vou ter uma refeição repleta de peixes!

– Mas eu não sou peixe, senhor! – Pinóquio tentou explicar, mas o estranho passou a preparar a panela onde fritaria todos os peixes da rede.

Um a um, passou os peixes na farinha e jogou-os na gordura quente. Quando chegou a vez de Pinóquio, o cão

Alidoro, atraído pelo cheiro de peixe frito, entrou na caverna. O boneco reconheceu o cachorro na mesma hora e, desesperado, pediu que ele o salvasse de ser frito e comido. Alidoro também reconheceu Pinóquio e, num só golpe, arrancou-o das mãos do estranho, levando-o para longe dali.

O ser horripilante bem que tentou alcançá-los, mas Alidoro era muito mais rápido.

Quando chegou à aldeia, Alidoro colocou Pinóquio no chão, são e salvo, despedindo-se dele.

Pinóquio caminhou um pouco, até avistar um homem à porta de sua casa.

– O senhor sabe alguma coisa de um menino chamado Eugênio? – Ele estava preocupado com a saúde do amigo ferido.

– Sim, algumas pessoas o trouxeram até aqui... Ele foi levado para a casa dele e está bem de saúde – o homem respondeu.

Pinóquio suspirou, aliviado e feliz.

– Soube que a culpa foi de um colega dele chamado Pinóquio... Um mau aluno, que só gosta de aprontar – o homem continuou.

– Não, não... Pinóquio é obediente, estudioso... – mentiu descaradamente.

Enquanto falava mentiras sobre si mesmo, sentiu o nariz dobrar de tamanho.

– Acabei de dizer uma grande mentira... Ele não é bom aluno e muito menos obediente... – E na mesma hora seu nariz voltou ao normal.

Pinóquio despediu-se do homem e continuou a caminhar em direção à casa da Fada. Lá chegando, o Caracol, ajudante da Fada, abriu a porta e o conduziu até a bondosa mulher.

– Eu o perdoo e espero que não faça nada de errado daqui para a frente! Meninos que não estudam e vivem bagunçando por aí acabam se arrependendo, cedo ou tarde! – a Fada Azul avisou.

Pinóquio prometeu que iria à escola e assim o fez durante o restante do ano. E mais: foi o primeiro aluno da classe!

A Fada ficou tão feliz que chamou o boneco, dizendo:

– Amanhã você vai se tornar um menino de verdade!

De tão contente que estava, Pinóquio pediu permissão para dar uma festa. A Fada permitiu, com a recomendação de que ele voltasse em uma hora.

A TERRA DOS BOCÓS, O BURRO PINÓQUIO, UM TERRÍVEL TUBARÃO

Pinóquio conseguiu convidar todos os amigos da escola, com exceção de Romeu, pois ele não estava em casa.

"Ele é bagunceiro, malcriado e preguiçoso, mas eu gosto tanto dele!", Pinóquio pensou, e depois conseguiu encontrá-lo na casa de um camponês.

– O que você está fazendo aí? – ele quis saber.

– Estou esperando dar meia-noite, pois vou partir para a Terra dos Bocós, o lugar mais maravilhoso do mundo! – Romeu explicou.

– Vim convidá-lo para a minha festa... – Pinóquio explicou que ia virar um menino de verdade.

– Por que não vem comigo? Na Terra dos Bocós não há escola, lições, livros ou professores. As férias começam no primeiro dia de janeiro e só terminam no último dia de dezembro... É só diversão. Em algumas horas, uma carroça virá me pegar, juntamente com outros cem meninos – concluiu.

Pinóquio pensou na promessa que fez à Fada, mas a ideia de um lugar onde não precisasse estudar falou mais alto... E ele decidiu juntar-se aos felizardos.

A carroça chegou no horário combinado. Silenciosa, suas rodas eram cobertas por trapos. Vinte e quatro burros a puxavam, sendo que cada burro era de uma cor diferente. No lugar de ferraduras nas patas, usavam sapatos de amarrar, como os utilizados por crianças.

O cocheiro era baixinho e roliço, com o rosto redondo e brilhante, sorriso de orelha a orelha e uma voz muito macia.

Pinóquio e Romeu subiram na carroça, onde outros meninos, com idade entre oito e catorze anos, disputavam um lugar para ficar, de tão lotada que estava! Apesar do desconforto, estavam animados, pois sabiam que logo mais chegariam ao local prometido.

Assim que a carroça partiu, o boneco ouviu um comentário:

– Que bobo! Deveria ter seguido seu caminho, pois deste se arrependerá!

Por mais que tentasse descobrir, não conseguiu. Assustado, pulou para o lombo de um dos burros que puxava a carroça... E, aterrorizado, viu que o animal chorava como uma criança!

O boneco comentou o caso com o cocheiro, que desconversou, dizendo:

– Não é nada, não... É que esse burro aprendeu algumas coisas com cães treinados.

Quando eles chegaram ao tão sonhado lugar, Pinóquio esqueceu-se de tudo. Meninos de oito a catorze anos se esbaldavam nas ruas, brincando de bola, circo, esconde-esconde, teatro; muitos gritavam, imitando animais, soldados... Uma enorme diversão! Nas paredes das casas, inscrições com os dizeres:

Matematica e escola nunca *maiz*!

Em pouco tempo, Pinóquio e os meninos da carroça fizeram amizade com todo mundo. E passaram a jogar, a brincar, a se divertir sem parar.

As semanas voaram...

Cinco meses depois, Pinóquio acordou sentindo-se diferente. Quando alisou a cabeça, notou que suas orelhas tinham crescido muitíssimo. Desesperado, procurou um espelho e, como não encontrou, encheu uma bacia com água, mirando-se nela. Quando viu as suas orelhas transformadas em orelhas de burro, começou a chorar, batendo a cabeça contra a parede. Mas, quanto mais chorava, mais suas orelhas criavam pelo e aumentavam de tamanho.

Um esquilo que vivia no andar de baixo veio para ver o que acontecia. E constatou:

— Você está com "febre de burro". — E explicou a um apavorado Pinóquio que, em três horas, ele se tornaria um burro... por inteiro! Exatamente como aqueles que puxavam a carroça.

— O que foi... que eu fiz? — Pinóquio tentou arrancar as orelhas, mas elas não saíram.

— Não há nada a fazer... É o destino. Meninos que não vão à escola, não gostam de livros e passam o tempo somente na diversão acabam virando burros — o esquilo concluiu.

PINÓQUIO

Pinóquio retrucou que a culpa era toda do seu amigo Romeu e, decidido, foi atrás dele. Mas antes, envergonhado, cobriu as orelhas com sacos.

Procurou Romeu pelas ruas e praças, mas não o encontrou. Quando chegou à casa de Romeu, abriu a porta e lá estava ele, com as orelhas de burro também cobertas por sacos!

Os dois logo descobriram que, debaixo dos sacos, tinham orelhas iguais. Tiraram os sacos e, no lugar de tristeza, foram acometidos por muitas risadas.

De repente, caíram de quatro no chão... Pés e braços transformaram-se em patas, nariz em focinho, um pelo acinzentado cobriu-lhes o corpo... E, por fim, apareceram rabos! No lugar de lamentos, só conseguiam emitir zurros. Se tivessem usado a sabedoria, isso nunca teria acontecido!

Logo depois, o cocheiro surgiu... E, depois de escovar o pelo dos burrinhos, levou-os até a feira, onde os colocou à venda.

Romeu foi comprado por um fazendeiro, e Pinóquio, pelo dono de um circo de animais adestrados.

– Quero que ele aprenda a saltar e dançar! – o homem exclamou ao ver o burrinho.

O dono do circo levou Pinóquio para o estábulo e deu-lhe capim e feno para comer. Com a recusa de Pinóquio, o homem, enfurecido, passou a chicoteá-lo, sem dó. A fome era tanta que Pinóquio decidiu alimentar-se daquela palha horrível.

Mais uma vez, um grande arrependimento inundou seu coração.

Durante três meses, o dono do circo adestrou Pinóquio. Ele tinha de saltar através dos aros e dançar, tudo à custa de chicotadas e gritos.

Finalmente, sua apresentação foi anunciada ao público pelos quatro cantos da cidade:

> **HOJE à NOITE**
> **Grandes apresentações**
> **Artistas**
> **Cavalos**
> **Estreia da dança do famoso burro**
> **Pinóquio**

PINÓQUIO

Quando o circo lotou, o homem iniciou o espetáculo. Estavam todos muito curiosos para ver a dança do burrinho. Ao aviso de que o burro Pinóquio entraria em cena, a plateia gritou, entusiasmada.

Pinóquio surgiu no meio do circo, enfeitado com rédeas de couro e metal brilhante. Duas camélias enfeitavam suas orelhas, e a crina estava trançada com fitas coloridas.

Pinóquio obedeceu a cada comando do homem: dobrou os joelhos, andou sobre duas patas, trotou, galopou... Até que o dono do circo disparou um tiro de festim, e imediatamente Pinóquio caiu ao chão, fingindo estar ferido, pois isso fazia parte do ensaio.

Dali do chão, deitado, Pinóquio avistou uma mulher muito bonita. Em seu pescoço, havia uma corrente. Preso a ela, um medalhão com a pintura de um boneco... Pinóquio!

"É ela, a Fada Azul! E aquele sou eu!", ele tentou falar, mas tudo o que emitiu foram guinchos de um simples burrinho!

As crianças e os adultos caíram na risada. O dono, irritado, resolveu dar uma lição no burrinho barulhento e chicoteou-o inúmeras vezes.

Pinóquio levantou-se e, sob suas ordens, ainda saltou pelos aros, mas acabou enroscando uma das patas e caiu, machucado.

Foi sua primeira e última apresentação, pois, no dia seguinte, a veterinária constatou:

– Ficará manco para o resto da vida. É melhor vendê-lo.

E, assim, Pinóquio foi vendido por míseras moedas a outro comprador, que ia utilizar a sua pele na confecção de um tambor.

Tão logo entregou as moedas ao dono do circo, o comprador conduziu Pinóquio até o mar. Lá chegando, prendeu uma enorme pedra em seu pescoço, amarrou suas pernas e lançou-o ao mar, deixando uma ponta da corda consigo.

"Quando estiver morto, e sua pele, amaciada, é só puxá-lo de volta!", concluiu, enquanto esperava pela morte de Pinóquio.

O burro afundou e assim permaneceu durante uma hora. Quando o comprador içou o burrinho, que surpresa! Em vez de um burro morto, surgiu um boneco de madeira, vivinho!

Pinóquio contou toda a sua história ao espantado comprador. Revelou também que a Fada Azul tinha enviado mil peixes enquanto ele estava no mar... E os peixes comeram sua carne de burro.

– Mas, quando chegaram à parte de dentro, encontraram a minha madeira dura... E aqui estou eu! – finalizou.

– Pois vou vendê-lo de novo, para que meu prejuízo não seja maior! – O homem estava enfurecido.

E antes que o homem pusesse as mãos em cima dele, Pinóquio nadou e nadou, vencendo ondas e ondas.

De repente, avistou um Tubarão gigantesco, com a boca escancarada de três fileiras de dentes afiados, vindo em sua direção! O coração do boneco disparou, e ele nadou o mais rápido que pôde... Em vão, pois o monstro o alcançou, engolindo-o. O bote foi tão violento que Pinóquio caiu no estômago do Tubarão... E ali ficou inconsciente por alguns minutos. Quando acordou, estava tudo escuro e quieto à sua volta. Depois de algum tempo, sentiu um sopro gelado em seu rosto, descobrindo que vinha dos pulmões do Tubarão, que sofria de asma.

Ali, na barriga do peixe, conheceu um Atum, de quem ficou amigo. Durante a conversa que tiveram, o boneco avistou um fio de luz ao longe.

– Eu vou até lá... Pode ser um peixe mais velho que consiga nos tirar daqui! – despediu-se do Atum e caminhou com dificuldade na escuridão em direção à luz.

Quando chegou mais perto, viu uma mesa. Sobre ela, uma vela enfiada no gargalo de uma garrafa e, ao lado, um velhinho que comia peixes ainda vivos.

"Era daí que vinha a luz... Nossa! É o meu querido..." Pinóquio não sabia se ria ou chorava, mal acreditando naquela visão.

– Papai! Eu o encontrei, finalmente! – Ele pulou no pescoço de Gepeto. – Nunca mais vou sair de perto de você!

– É você, Pinóquio querido? – Gepeto esfregou os olhos.

– Você pode me perdoar, pai? – Pinóquio não cansava de perguntar. – Eu reconheci você naquele barquinho e tentei alcançá-lo, mas não consegui...

Gepeto respondeu que também reconheceu o filho, mas as ondas gigantes viraram o barco, e foi então que o tubarão surgiu, engolindo-o.

– Há dois anos estou aqui, meu filho...

– E como conseguiu sobreviver?

– Por sorte, o Tubarão também engoliu um barril contendo os mantimentos de um navio naufragado. Dentro dele encontrei biscoitos, carne em conserva, passas, queijo, café, açúcar, caixas de fósforos e velas. Mas nada mais resta a não ser esta vela... – Ele apontou.

– Vamos sair daqui o mais rápido possível! – Pinóquio tirou a vela da garrafa, puxando o pai pela mão.

Os dois caminharam por um bom tempo, atravessando o estômago e o restante do corpo do Tubarão, até chegarem à garganta. Como o Tubarão era asmático, dormia com a boca aberta. E a enorme boca era a única oportunidade para escapar!

Pé ante pé, passaram por cima na enorme língua do peixe, até que o boneco pediu ao pai que segurasse firme em seu pescoço... Iam pular no mar!

EPÍLOGO
DE VERDADE!

O mar estava calmo e iluminado por uma brilhante lua, o que facilitou a fuga de Pinóquio e Gepeto.

O boneco nadou durante muito tempo, com o pai às costas. Suas forças estavam no fim quando encontrou, no meio do mar, o Atum, que conheceu no estômago do Tubarão. Ele também havia fugido e, como um bom amigo, ofereceu ajuda.

– Subam em minha cauda. Vou levá-los à beira-mar.

Quando os deixou na praia, sãos e salvos, Pinóquio abraçou o Atum, que partiu, emocionado.

O boneco amparou seu pai, que estava com febre, e eles caminharam à procura de alguém que lhes desse alimento. Estavam cansados e com muita fome!

Pouco tempo depois, Pinóquio avistou, à margem da estrada, dois velhos conhecidos: o Gato e a Raposa, pedindo esmolas. O Gato tinha ficado cego, e a Raposa havia perdido a cauda. Eles estavam na mais completa miséria!

– Tenha pena e nos dê uma esmola, Pinóquio! – pediu a Raposa, ao reconhecer o boneco.

– Estamos fracos e com fome... – o Gato implorou.

– Vocês são dois impostores! Já me enganaram uma vez... Não enganarão a segunda. Dinheiro roubado não dá frutos! – Pinóquio exclamou, continuando seu caminho.

Um pouco além, pai e filho avistaram uma cabana de palha no meio de um bosque. Eles bateram à porta, pedindo ajuda.

– É só girar a chave, e a porta se abrirá – alguém respondeu.

Lá dentro da cabana, Pinóquio ficou surpreso ao ver o Grilo Falante numa viga do teto e tratou de pedir desculpas pelo que lhe havia feito. Depois, explicou que Gepeto estava fraco e precisava de alimento.

PINÓQUIO

— Perto daqui há uma fazenda. O senhor João, o proprietário, pode lhe arrumar um pouco de leite – o Grilo Falante explicou e, em seguida, indicou um canto da cabana onde Pinóquio poderia acomodar Gepeto.

O boneco correu em direção à fazenda. Lá chegando, pediu ao fazendeiro que lhe arrumasse um copo de leite.

— É para o meu pai, que está doente.

— São cinco centavos... – o homem pediu.

— Mas eu não tenho nada... – Pinóquio respondeu, com muita tristeza.

— Sem dinheiro, não há leite... A não ser que trabalhe para mim. Como pagamento, lhe darei o leite – ele propôs.

Pinóquio aceitou o acordo e passou a tirar água do poço para regar a horta do senhor João. Em troca recebia o leite para alimentar Gepeto.

"Puxa! Nunca trabalhei tanto... E como estou cansado! Mas, para ajudar meu pai, tudo vale a pena!", pensava.

Numa das conversas com o fazendeiro, soube que o burro que pegava água estava prestes a morrer. Pinóquio pediu para vê-lo. O fazendeiro levou o boneco até o estábulo. Ao entrar no estábulo, reconheceu-o na mesma hora. Aproximando-se, indagou, em língua de burro:

– Quem é você?

– Sou... Romeu... – E o pobre burro fechou os olhos para sempre.

Pinóquio chorou de tristeza. João, sem nada entender, caçoou do boneco e lamentou a morte do burro, que lhe custara muito dinheiro.

Durante os cinco meses seguintes, o boneco trabalhou desde os primeiros raios de sol até o cair da tarde. Também aprendeu a trançar cestos de palha, vendendo-os na cidade. Era com esse dinheiro que Pinóquio e Gepeto viviam.

O boneco fez, com muito capricho, uma cadeira de rodas para acomodar o pai e levá-lo a passear e a pescar.

À noite, sob a luz da lamparina, começou a estudar. Como o dinheiro era escasso, usava uma mistura de amora e cereja no lugar da tinta; e como caneta, uma simples varinha de madeira.

Um dia, foi até a cidade para comprar um casaco, um boné e um par de sapatos. Queria que Gepeto se orgulhasse dele.

No caminho, alguém o chamou pelo nome: era o Caracol, que morava na casa da Fada. Pinóquio quis saber seu paradeiro.

— Ela está prestes a morrer no hospital... Não tem dinheiro nem para comer!

O boneco nem pensou duas vezes e deu ao Caracol todo o dinheiro que possuía. As roupas podiam ficar para depois.

— Até hoje trabalhei para ajudar meu pai. De agora em diante, trabalharei dobrado para ajudar minha mãe. — E pediu que o Caracol se apressasse.

Ao voltar para casa, Pinóquio fez dezesseis cestos... O dobro do que costumava fazer. E, quando dormiu, sonhou com a Fada, linda, linda, a beijar seu rosto, dizendo:

— Muito bem, Pinóquio! Você tem um bom coração e cuidou de seu pai com amor e carinho. Eu perdoo os seus erros do passado. Tente melhorar e será sempre feliz!

Pinóquio abriu os olhos e olhou dos lados... Não era mais um boneco de madeira, mas um menino como os outros! O seu quarto com paredes de palha deu lugar a um lindo quarto! Numa cadeira, roupas novas, boné e um par de sapatos. Pinóquio vestiu a roupa nova. Quando colocou as mãos nos bolsos, encontrou uma pequena bolsa. Dentro dela, um bilhete da Fada:

Querido Pinóquio,
Aqui está seu dinheiro.
Você teve um bom coração!

E, para seu espanto, dentro da bolsa estavam cinquenta moedas de ouro!

Pinóquio esfregou os olhos para ver se aquilo era realmente um sonho ou se era verdade. Em seguida, correu até o espelho do novo quarto, e a imagem que viu refletida era a de um menino inteligente, risonho e feliz, com cabelos castanhos e olhos azuis.

Procurou Gepeto e encontrou-o mais moço, alegre, bem-humorado, trajando roupas novinhas.

– Querido pai... O que aconteceu por aqui? – Pinóquio abraçou Gepeto.

– Esta mudança toda se deve a você... – o pai explicou. – Meninos bons têm o poder de transformar seus lares... Para melhor!

– E onde foi parar o boneco de madeira?

PINÓQUIO

– Olhe lá! – Gepeto apontou para o boneco de madeira, deitado numa cadeira.

Pinóquio olhou para o boneco por algum tempo e depois exclamou:

– Eu era tão insignificante! Sou tão feliz agora que me tornei um menino de verdade! – ele concluiu, feliz da vida.